CHI SIAMO E COSA VOGLIAMO

PATRIA E RELIGIONE

VIRGILIA D'ANDREA

Texte et illustration de couverture : © domaine public
Edition : Culturea (Hérault, 34)
Contact : infos@culturea.fr
Retrouvez notre catalogue sur http://culturea.fr
Imprimé en Allemagne par Books on Demand
Design typographique : Derek Murphy
Layout : Reedsy (https://reedsy.com/)

Dépôt légal : janvier 2023

ISBN : 9791041846290

«*La libertà anarchica riunisce gli uomini alla sua bandiera con la voce del libero esame; essa non li pietrifica sulla stessa linea. Ciascuno si accomoda dove è, e si muove come gli piace. La libertà non irreggimenta gli uomini sotto la penna d'un capo di setta; essa l'inizia al movimento delle idee e inculca loro il sentimento dell'indipendenza attiva... L'anarchia è l'asse della libertà*».

JOSEPH DEJACQUES

CHI SIAMO E COSA VOGLIAMO

In tutte le epoche vi sono sempre stati degli uomini che hanno lottato contro i costumi, le leggi, le morali, i vincoli, le relazioni sociali del loro tempo. Senza questi malcontenti, senza questi inadattabili, l'umanità non avrebbe avanzato sulla via del progresso.

Eppure fra quanti ostacoli hanno dovuto lottare quegli uomini per affermare la loro Idea! Quante ingiurie, quante rinunce, quanto sacrificio hanno dovuto soffrire... e spesso il peso delle catene; il fondo delle galere; lo scoglio muto e solitario dell'esilio; la tortura del supplizio; la morte, nel vigore degli anni – per gridare ed invocare, fra il buio e le tempeste, l'anima ed il nome del loro Ideale.

E come tutti saranno sembrati pazzi o criminali alla generazione loro contemporanea che li guardava stupita, soddisfatta o rassegnata essa del suo tempo, e incapace di comprendere che sarebbe venuto un giorno in cui quegli eretici sarebbero stati i vittoriosi e gli immortali, e che più tardi sarebbero stati essi pure sorpassati da più alte ed ampie visioni del pensiero umano.

È facile esaltarsi oggi alla memoria di Socrate che beve, con fermezza stoica, alla tazza ferale. È facile commuoversi alla memoria di Spartaco, che raduna truppe di schiavi dolenti e mal nutriti, inchiodati alla terra, o ai remi, senza speranze e senza difese e marcia contro Roma carica di armi, di oro e di vizio. È facile esaltarsi al ricordo di Arnaldo, invincibile davanti al capestro: di Telesio, che strappando la maschera dal volto dell'orrida sfinge regnante nel Medio Evo, trasforma la sua casetta povera e nuda in un'ara ardente pel dolore e pel pensiero dell'uomo. È facile infiammarsi oggi al ricordo di Bruno, estatico tra le fiamme che lo avvolgono; di Galileo «l'onnivedente prigionier d'Arcetri» che infrangendo il mistero degli astri, «il celeste baratro ai liberati occhi egli aperse».

Ma noi, di fronte ai liberali, conservatori di oggi, di fronte ai commentatori di questi martiri di ieri, commemoratori pronti a forgiare le catene per i ribelli del presente, noi saremmo tentati di prendere le difese dei reazionari del passato. Perchè nel senso della relatività della storia, per la scienza e la mentalità degli uomini del loro tempo, i Bruno, i Galileo, i Colombo, dovevano apparire realmente come dei perfidi profanatori delle «Idee sacre» pensate dagli avi; come dei dèmoni, che ponevano una bomba al centro del pernio sorreggente la società di allora. Ma quanta ragione avevano invece quei novatori, e mentre oggi il nome dei loro persecutori e dei loro carnefici è sepolto nell'oblio, ed è coperto d'infamia, il mondo non è abbastanza vasto per raccogliere e rievocare la memoria dei martiri.

L'umanità sa bene quanto deve ad essi: sa bene, che se in tutto il dominio della vita l'uomo ha progredito, si fu perchè nella notte buia e tetra dei secoli, pochi audaci sfidarono leggi, morale, famiglia, gloria, onori, avvenire, la morte stessa, pur di non rinunciare a proteggere un barlume di luce, fatto filtrare attraverso le tenebre dense della superstizione, col valore dell'esperimento o della intuizione.

La critica storica conosce oggi, che prima ancora degli eroismi della scienza, è stata necessaria la lotta per conquistare alla scienza la tolleranza sospettosa prima, e il diritto all'esistenza pubblica dopo. Sa che fu nella oscurità, nelle ostilità, nella illegalità, che la scienza cercò le sue prime affermazioni, circondata dovunque da tenebrosi timori, da paure infingarde, da grossolani pregiudizi che sembrarono invincibili.

Ebbene, ciò che è vero per i grandi pensatori, è vero per ogni essere umano: ciò che è vero per i fatti storici, e le invenzioni e i rivolgimenti famosi, è anche vero per tutte le rivolte dell'uomo, perchè anche la più umile e modesta vita umana può essere il tarlo silenzioso e costante, la lima sorda e insinuante, il roditore muto e penetrante, il bacillo dissolvente, che corrode e consuma la base e l'ossatura di una costruzione sociale.

Chi siamo dunque noi?

Siamo una bandiera; siamo una fiamma di questo fuoco della rivolta secolare.

E la nostra Idea non è una ribellione che mentre è sacrilegio di fronte al passato, può diventare conservazione o reazione di fronte ad altre miscredenze; ma significa rivolta che pone la novazione permanente alla base della verità, e che nega, quindi, anche a se stessa, un limite ufficiale, un bollo sacramentale, un credo unico, un sacerdozio interprete del credo.

A noi, dunque, la miseria, la diffamazione, la calunnia; a noi, dunque, l'onore dell'esilio, delle manette, del coatto; a noi la gloria della galera e della morte, così come fu per i ribelli, i rivoluzionari, i negatori del passato!

Ogni Stato, infatti, ha le sue leggi speciali per noi: ogni Chiesa ha la sua maledizione per noi: ogni partito d'autorità ha la sua condanna per noi.

Solo, di tratto in tratto – dall'altra parte della barricata – pur qualche pensatore, nei suoi rari momenti migliori, strappa dall'essenza della sua intimità una voce di difesa per il nostro orifiamma.

Ecco che la parola «Germinal» gridata da Angiolillo davanti alla garrotta sommuove questo mistero impenetrabile del cuore umano, e un Rastignac, questo pantano, oggi, del suo io in putrefazione, fece di quel grido e di quella fede – che erano uno stridente contrasto con l'animo suo – un'apoteosi di idealità e di luce. «Germinal!» questa parola, egli scriveva, «non può fiorire, nel momento della morte, che dal cuore d'un poeta, e dal sogno d'un eroe. Essa racchiude in sè tutta una gentile primavera di sentimenti e di ideali, ed è degna di stare accanto a quelle frasi che nella storia del martirologio politico sono circondate di aureola. Questo annuncio di una nuova aurora nella terra e nella società; questa dichiarazione d'amore e di fede nella vita, che per lui si sprofonda nelle tenebre; questa feconda glorificazione dell'avvenire, nell'attimo stesso in cui il tempo non ha più tregua per Lui, prova e rappresenta la natura dell'uomo e la grandezza dell'Idea».

Io non dimenticherò mai la requisitoria d'un Procuratore Generale al processo Malatesta-Borghi alle Assise di Milano.

«La vita (affermava quel vecchio rappresentante della legge) – e quella che doveva essere la conferma dell'accusa, divenne, non so per qual segreto intimo dell'animo, una magnifica, ideale difesa dei nostri compagni: «La vita non è fatta tutta di saggezza,

Giurati! Senza certi cervelli balzani, senza certe audacie, il mondo non avrebbe avuto progressi. I saggi, che non intesero mai, nel loro cervello, un granello di sublime follia, sono saggi che hanno il deserto in sè, e lo fanno attorno a sè! Noi viviamo e intensamente viviamo per quanto sappiamo spingere lo sguardo verso il futuro e impregnare la nostra azione di tutta quella che dovrà essere la vita avvenire: perchè questo è il ritmo, perchè questa è la forza che darà il nuovo ritmo alla vita civile. L'uomo passando di fatica in fatica passò di trionfo in trionfo; ma le umane generazioni sarebbero rimaste schiave del pregiudizio e dell'ignoranza, sarebbero rimaste immobili, se di tanto in tanto non fosse sorto un uomo animoso a deviarne il corso. E la leggenda che i soldati di Alarico deviarono il Busento, perchè il fiume passasse sulla tomba del loro Re, può esprimere la forza che hanno gli uomini di volontà, che fanno penetrare nuova vita nelle cose morte. Ecco perchè questi uomini di grande ardimento e di diritta volontà sono una necessità; perchè essi sono per spingerci sempre più innanzi; perchè ci gridano ad ogni momento di non arrestare il passo, e ci spingono di vetta in vetta sempre più in alto, in cerca di questo Ideale che c'è sempre dinanzi agli occhi, ed al quale dobbiamo dare tutte le nostre migliori energie. Perchè è vero quel che diceva il poeta: Tu sol, pensando, o Ideal, sei vero!».

Non vi sembra sentire in queste parole, pronunciate da chi – dimèntico, in quel momento, della toga, del codice, e delle leggi, – ritornava, a contatto col dolore, uomo sincero, uomo che soffre e comprende, che lotta e che sogna, che ama e s'inebria? Non vi sembra risentire in quegli accenti, come la eco del pensiero, delle parole stesse d'un grande poeta nostro?

È l'umana famiglia che l'arduo monte sale,
Confortata dal santo raggio dell'Ideale.

Su cammina, cammina! Avanti, avanti ancora!
Più sublime è la vetta e più bella è l'aurora.
Avanti! avanti! avanti! sfidando i nembi e il gelo,
Fino all'estremo limite tra la terra ed il cielo,
Vivere un'ora: un attimo solo, un palpito ardito:
Poi tuffarsi nell'onda dell'azzurro infinito!
Ecco la vera, intensa voluttà de la mente;
Ecco il desio gagliardo di chi medita e sente.

È lo stesso pensiero,

che lanciato alle genti,

in forma più classica e solenne,

arde e pulsa nel cuore dell'ardente

immortale vate siciliano.

In alto, in alto! In plumbei

Pepli chiusa Natura

Ghigna a lui contro: ei l'intime

Leggi ne cerca e fura;

Latrano scatenati

Nembi e morbi ed affanni a dargli assalto;

Ei pugnando procede; ad una fulgida

Cima s'appunta, erto s'attesta ai fati;

Cade, risorge, e impavido

Avanza, avanza, e muor gridando: in alto!

Che cosa, dunque, noi vogliamo? «La libertà e la Giustizia». Potremo dire che vogliamo quello che tutti gli uomini sentono nei loro momenti di bontà e di elevazione.

Andate al cinema, andate al teatro: leggete un romanzo o un poema. E allorquando dall'intreccio delle multiple passioni, scaturisce il momento angoscioso in cui un debole sta per essere immolato alle perversità di un prepotente, chi è di voi che non freme, chi è di voi che non soffre, e che spesso non si commuove fino al sollievo del pianto? Chi è di voi che non plaude, se il debole si solleva d'improvviso allo scatto della sua dignità oltraggiata; ed eleva orgoglioso la fronte contro una menzogna e una impostura; e rifiuta un'obbedienza e una viltà; e respinge un ricatto e una ignominia; oppure, in un momento di sacro furore, impugna l'arma e l'immerge nel cuore del tiranno?

Spasima, torvo e minaccioso, lo strazio atroce di Rigoletto; ricopre d'un velo di rose, l'agonia di «Mimì», l'«addio» alla vecchia zimarra, rievocante il freddo, la miseria, lo squallore della piccola, nuda stanza sospesa tra i comignoli di Parigi; ritorna nelle ombre senza più luci, il tenero cuore della dolce Butterfly, spezzata dalla delusione d'amore; urla tra le selve ondeggianti, l'animo ardente dell'Andrea Chenier; incalza, con ondate di tempeste, il sogno di Sigfrido nelle orchestrali creazioni di Wagner, ed ogni cuore è sospeso a quelle voci, è legato a quel martirio, è assorbito in quella visione. Ogni cuore si sente più buono, più giusto e fraterno; ama gli oppressi, esulta alla loro ribellione; s'inebria della libertà, e meglio comprende il significato, la profondità vasta e maestosa della vita.

Ogni animo vibra, spasima, singhiozza con l'anima dell'orchestra; si esalta, si unifica e si fonde con l'ispirazione dell'artista, che a sua volta è l'interprete inconsapevole di tutto quanto esiste nei luoghi, nei tempi, nella natura, nell'animo umano.

In quel momento solenne, in cui il magico tocco dell'arte – ammaliatrice sirena, che colora un sogno di giustizia e di bontà, che trionfa sulla morte e sulle perversità, con l'armonia e la bellezza; che riconcilia il dolore con la vita; – in quel momento solenne, in cui l'amplesso caldo dell'arte, ha reso l'uomo sincero verso se stesso, in quell'ora di improvvisa, sublime rivelazione, voi sentite tutto quella che noi vogliamo: «La libertà e la Giustizia».

Solo che per amore di quieto vivere, per un malinteso spirito di conservazione non vi proponete di lavorare per la libertà e per la giustizia. Ma è poi vero, che riuscirete in tal modo ad assicurare la tranquillità della vostra esistenza?

Le sventure, le miserie, le infamie che sono l'effetto della cancrena che è alla base della società, se non vi colpiscono oggi, vi colpiranno domani.

Quando l'aria è intossicata, tutti ne respiriamo! Quando le acque sono avvelenate, ne bevono anche gli avvelenatori. L'odierna situazione del mondo, e soprattutto di questo paese dove si era formata la stolta illusione, che il benessere fosse stato raggiunto, e compatibile, nello stesso tempo, con l'esistenza della plutocrazia e della sedia elettrica; lo sconquasso di questo colosso d'oro, che minaccia di morir soffocato, per congestione di ricchezza, è un esempio vivo palpitante nell'ora che volge.

Bisogna, dunque, non solo sentire il fascino della Libertà; non solo amare questa, che alle volte... anche a noi, che la perseguiamo da anni, ben sembra un'azzurra chimera; ma necessita che ciascuno di noi dia una gemma per questo rabesco meraviglioso: offra un sacrificio per questo sogno; doni un marmo per questo edificio immortale.

Come l'albero è il trasformatore chimico dei succhi, che le radici rapiscono alla terra, e che le foglie respirano dall'aria; come il colore, il profumo e la bellezza dei fiori, sono nella fecondità della terra e nei raggi del sole, così nella società, l'artefice sommo dei suoni, dei colori, della poesia, delle Idee, non è il creatore; ma è l'assimilatore, l'interprete grande di tutto quanto vive e vibra attorno a lui. Come Dio è un assurdo perchè sarebbe venuto dal nulla, e avrebbe tutto creato dal nulla, così è assurda l'idea dell'uomo, che crea dal nulla.

Dante ha rivestito di poesia sublime le lotte, le ansie, l'odio, gli amori, le leggende del tempo suo. Beethoven, Bellini, Verdi, hanno raccolto, in rapimenti armonici, il fischio di un monello, il soffio delle brezze, il sibilo delle foreste, le carezze e le collere del mare; il fragore dei torrenti, il barrito degli abissi.

È dal basso che sale la linfa; è dall'intorno che soffia il respiro; è dall'alto che saettano il sole e l'azzurro; e da questi elementi prende essenza e vigore la vita.

Invano, quindi, è aspettare, in messianica attesa, i salvatori o il salvatore. È dall'angoscia, dalle lotte, dal dolore, dalle aspirazioni, dal tormento, dal lavoro, dall'opra di tutti noi – gli individui, i singoli... dell'immensa folla – che si determinano le condizioni essenziali, sostanziali per i rivolgimenti sociali; che si crea l'atmosfera rovente per l'eroe della rivolta; per questo fustigatore ammirevole delle pigrizie e degli adattamenti delle maggioranze; antesignano sfolgorante di luce; annunciatore immortale di prossime tempeste rivoluzionarie!

Ma noi vogliamo una libertà di fatto, una libertà reale, e sentiamo la necessità di denunciare l'inganno di una libertà scritta: quella riassunta, per esempio, nella suonante formula, che sfoggia nelle aule dei tribunali, o sul frontone delle carceri:

«Liberté – Egalité – Fraternité».

Frase che sembra davvero una sghignazzata di satiro feroce, su questo contrasto terribile, inumano di luci e di tenebre; di ricchezze e di miserie; di felicità e di sventure; di tripudii e di dolori; di diademi e di cenci; di orge e di fame; di trionfi e di umiliazioni; di montagne d'oro tra mura blindate; di fantasmi viventi, che tendono la mano per un lavoro, per un pane; di cenci umani, gettati, – rifiuti sociali – nelle Bowery di tutti i paesi del mondo, a disseccarsi, a disgregarsi, come vermi, come carogne al vento!

Anarchia significa distruzione della miseria, dell'odio, delle superstizioni: abolizione dell'oppressione dell'uomo su l'uomo; cioè abolizione del governo e del monopolio di proprietà. L'individualità umana: questo mondo profondo e misterioso, che può racchiudere in sè tutta una visione di orizzonti nuovi; questa incognita di sentimenti e di affetti, così varia e cosi dissimile l'una dall'altra; l'individuo: questa parte vitale dell'immensa armonia dell'universo, deve potersi abbandonare alle ispirazioni dell'essere suo: deve poter avere la possibilità di tentare tutte quelle vie, che a Lui sembrano ricolme di promesse e di sole; deve poter sviluppare le attività, le inclinazioni, le energie talvolta occulte, le capacità, mutevoli in Lui stesso, nel tempo e nello spazio, che egli sente in germoglio palpitare dentro di sè; deve potersi sentire l'arbitro del suo destino, e poter dirigere il timone della sua esistenza verso quel porto che è il sogno supremo di tutto l'essere suo.

Oggi, i governi, le religioni, le patrie, le morali, in nome dei loro interessi, disconoscono, violentano e sacrificano le aspirazioni dell'individuo. I governi lo opprimono; le religioni gli inceppano la facoltà di ragionare; le patrie lo travolgono nei cataclismi e nei vortici della guerra; le morali lo soffocano con imposizioni e doveri che sono in aperto contrasto con le sue necessità, con le sue inclinazioni naturali.

Convinti che l'uomo non sarà mai libero se resta spiritualmente legato ai pregiudizi di Dio, della Morale e di una qualsiasi forma di dominio o di soggezione, noi cerchiamo di svincolarlo dalle strette di queste terribili costrizioni morali, intellettuali, economiche; ed insorgiamo, picconieri, contro la società, che s'arroga il diritto, delittuoso diritto, di disporre dispoticamente di coloro che la compongono.

L'uomo deve capovolgere i termini di vecchie frasi, inchiodate nel suo cervello dal martello dell'abitudine e dal torchio di secoli e secoli di schiavitù.

«Senza il padrone non si lavora».
«Senza Dio nulla fiorisce».
«Senza un governo è impossibile la vita sociale».

Tutto quanto di bello e di grande l'umanità ha raggiunto attraverso il suo periglioso cammino, è stato sempre quando ha combattuto contro l'idea di Dio, del padrone e del governo. Le vampe del pensiero, le magnificenze dell'arte, le meravigliose scoperte, le audacie delle invenzioni, appartengono ai periodi rivoluzionari, in cui l'umanità stanca dei ceppi, ne schiantava le catene e s'arrestava, inebriata, a respirare il soffio del più vasto e più libero orizzonte.

A quelli che affermano che nell'assenza di un governo, di una legislazione, e di una repressione che assicuri il rispetto della legge e proceda contro tutte le infrazioni, non esiste e non può esistere che disordine e delinquenza, a me è davvero agevole rispondere: Guardatevi intorno: non vedete voi tutto lo spaventevole disordine, che ad onta, ed a causa, anzi, dell'autorità che governa e della legge che reprime, regna in ogni campo della vita sociale? Non vedete voi, dunque, che più aumenta la regolamentazione, più è infrangibile e severa la rete legislativa, più s'estende il campo della repressione, e più si moltiplicano l'immoralità, l'abbiezione, i delitti, le colpe; e più diventa, giorno per giorno, ripugnante questo spettacolo di ingiustizie, di orrori, di atrocità, di mostruosità, che sempre ci sta davanti allo sguardo, a torturarci l'anima e la vita?

L'assunzione al potere, o il contatto con esso, o l'affiancamento di esso, sotto qualsiasi bandiera, al bagliore di qualsiasi celebrità cara per il passato, in omaggio a qualsiasi miraggio o principio, a dispetto di qualsiasi apparenza, malgrado tutte le rimasticature di formule trite e avvizzite, porta, in ogni tempo e in ogni luogo, uomini, gruppi e partiti giù, nel pendìo delle degenerazioni; e da stimolanti di progresso, li trasforma in forze di conservazione, e ben presto – giacchè il mondo cammina malgrado essi – li trasforma in fattori di reazione. Il potere si vale sempre del peggio di ogni uomo, e dei peggiori fra tutti gli uomini: esso eleva, premia ed esalta la viltà e la servilità: odia, calpesta e punisce la dignità e l'indipendenza personale.

E le scuole autoritarie, che predispongono vaste masse di lavoratori al riconoscimento di un Potere, ed alla cecità di fronte ai futuri governi (di dittatura, cosiddetta proletaria; di repubblica, cosiddetta democratica) preparano il successo alle peggiori delusioni, ed agli inganni più funesti.

Chè, se costretto dalla pressione delle circostanze, qualcosa di meno peggio questo Potere dovrà pur concedere, la predisposizione creata nelle moltitudini dai partiti autoritari, varrà a rendere queste strumento passivo del potere, il quale vedrà ben presto venirgli a mancare il principale stimolo ad agire in avanti: la pressione del malcontento popolare. Se invece questo Potere nuovo stringerà i freni, allora tutti i reazionari lo additeranno a confronto per scagionare i loro delitti.

Così faceva ieri il fascismo, additando l'esilio di Trotzky, dopo quello degli anarchici e dei socialisti rivoluzionari: così fa oggi il fascismo, allorquando dalle acque di Barcellona si distacca la navegalera «Buenos Aires», per recare verso le torture delle coste africane, quanto di più sano e di più puro laggiù aveva la giovinezza anarchica! Così fa oggi il fascismo, allorchè la Spagna in berretto frigio, gli consegna profughi generosi, sempre pronti a innalzare, in qualsiasi contrada del mondo, una barricata in difesa della Libertà!

– Ci si domanda: Ma allora voi anarchici quando è che dominerete? – Noi non domineremo mai. Noi, fino al giorno prossimo o lontano (e tanto più lontano quanto più voi resterete lontani dalle nostre Idee) in cui vi sarà una società fondata su l'accordo libero e volontario, nella quale nessuno potrà imporre ad altri la sua volontà, perchè ad associarsi saranno le libertà, a fine d'accrescersi e svilupparsi, non di sacrificarsi e ridursi; noi fino a quel giorno saremo sempre al posto che compete a chi non vuole essere oppresso e non vuole opprimere; e vuole spingere in avanti tutti gli oppressi. Resteremo fuori e contro tutti i governi, ad indicare agli uomini le tante vie, fuori e contro il potere, per affrancarsi e prendersi da sè il proprio bene, la propria felicità.

– Ci dicono ancora: Ma voi sarete sempre degli sconfitti. – No. Solamente noi non ci illudiamo di vincere, passando al posto dei dominatori sconfitti. Anche se l'Anarchia non verrà oggi, domani, o fra secoli, l'essenziale per noi è di camminare verso l'Anarchia, oggi, domani, sempre. Ogni sconquasso, ogni picconata alle istituzioni della proprietà privata e del governo; ogni menzogna smascherata; ogni attività umana sottratta al controllo dell'autorità; ogni sforzo tendente ad elevare la coscienza popolare, ad aumentare lo spirito di iniziativa e di solidarietà, è un passo verso l'Anarchia. Il necessario è di saper scegliere la via, che realmente ci avvicina alla realizzazione del nostro Ideale, e di non confondere il vero progresso con le riforme legali, ipocrite, che sotto pretesto di miglioramenti immediati, tendono a distrarre il popolo dalla lotta contro l'autorità, tendono a paralizzare la sua azione, ed a fargli sperare che qualcosa può essere ottenuta dalla bontà dei padroni e dei governi.

Il necessario è di avere in noi la credenza attiva nella realizzazione del nostro Ideale: è di saper tenere accesa, nel nostro cuore, quella virtù magnetica che non volle disertare dal fondo del vaso di Pandora; che rinunciò ad allargare le ali e librarsi alla conquista dei cieli, pur di restare, fedele amante, accanto a coloro che soffrono; pronta a tutti gli olocausti per l'avvento degli umani Ideali. Questa virtù si chiama Speranza; la speranza fida e paziente, che genera l'entusiasmo. «V'è senza dubbio, scriveva Guyau, tra il presente e l'avvenire un punto di congiunzione, che l'intelligenza pura può difficilmente sorprendere; esso è dovunque ed in nessun luogo, per dir meglio non è un punto inerte; ma è un punto di movimento, una direzione, e conseguentemente una volontà che insegue il suo fine. L'avvenire appartiene agli entusiasti, che confondono, di deliberato proposito, il non ancora col di già, trattando l'avvenire come se fosse presente: appartiene agli spiriti sintetici, che in un amplesso immenso abbracciano ideale e reale; appartiene agli uomini di volontà, che sanno malmenare la realtà, romperne la rigidezza dei contorni, suscitarne quell'Ignoto, che uno spirito freddo ed esitante potrebbe, con eguale verosomiglianza, chiamare il possibile o l'impossibile».

– Ci domandano ancora: In che modo ricostruirete la società che voi sognate?

– Io non credo che le forme positive di ricostruzione sociale possano prestabilirsi, fin da ora, in modo formale. Noi, pur gelosi della coerenza anarchica, non abbiamo un dogma programmatico. Anarchia, nelle realizzazioni future, significa libertà di cercare sempre le vie migliori; Anarchia, in questo senso ricostruttivo, è antiprogramma perchè il programma rappresenta sempre il passato ostile e anacronistico.

Scomparso il diritto della forza, scomparso il governo, con tutte le nocive istituzioni che esso protegge; stabilito che alla base della futura società vi sia libero accordo; associazione libera di forze; libertà di scissione dall'associazione; autonomia in tutti i rapporti collettivi; materia prima e strumenti di lavoro a disposizione di tutti (senza questo diritto la libertà non sarebbe che una menzogna): stabilito tutto questo, dipenderà dalla civiltà, e dalle nuove necessità degli uomini del domani, di cercare e attuare in piena libertà, volta per volta, e luogo per luogo, le varie forme concomitanti e collaterali di convivenza sociale. Perchè invenzioni, scoperte, trasformazioni industriali e meccaniche, potrebbero rivoluzionare in pochi anni il mondo da renderlo addirittura irriconoscibile. Basta, per farsi un'idea di quello che potrà essere il mondo futuro, trasportarsi, per un momento solo, ad un secolo e mezzo fa, allorchè appena albeggiava l'idea dell'applicazione della forza del vapore alla macchina; e quando le scoperte elettriche e le singole applicazioni, e la radio, e l'aviazione, appartenevano al regno dei sogni, o addirittura a quello delle inafferrabili chimere!

V

In ogni tempo vi sono stati individui e correnti di pensiero e d'azione, che negarono le leggi scritte, affermarono che ciascuno deve governarsi secondo la propria coscienza, e cercarono di fondare una nuova società, basata su principii di uguaglianza e di libertà. Noi troviamo impronte dell'idea anarchica nel filosofo cinese Lao-tse, che visse nel sesto secolo prima dell'era nostra.

Il suo pensiero era questo: «Giacchè solo la natura esiste, ciò che viene da essa è buono, ed il bene consiste nel vivere senza passioni complicate, senza leggi pervertenti, senza vane guerre. Per ristabilire la pace, la virtù, la felicità, è necessario sopprimere la proprietà; è necessario demolire l'autorità, ed impedire ad essa anche di fare del bene». Ma la saggezza del vecchio filosofo fu oscurata e sopraffatta dalle sottigliezze, dalle astuzie, dalle flessibilità di Confucio.

Tracce profonde d'anarchismo si ritrovano fra alcuni dei più antichi filosofi greci, allorchè la Grecia, al tramonto della sua potenza politica, era vagheggiata dalle tribù quasi selvagge della Macedonia, che in silenzio affilavano le armi per conquistare quell'orgoglioso paese di cui avevano sopportato l'imprudente disprezzo. È allora che Atene vede apparire sulle sue piazze degli uomini scalzi e sdegnosi, declamanti – simili a profeti – contro la corruzione dei costumi, l'oblio delle leggi della natura, l'amore sfrenato del lusso, le spregevoli passioni per la ricchezza.

Antìstene, drappeggiato in un logoro mantello, errante di piazza in piazza ad infiammare le genti con la sua irresistibile eloquenza, a gettare strali infuocati contro i costumi, le credenze, gli usi, i pregiudizi, e le leggi, fu il fondatore della scuola cinica, attorno alla quale si riunirono i più profondi pensatori dell'antichità, che proclamavano l'uguaglianza delle condizioni umane, la solidarietà delle razze e la abolizione della schiavitù, In un'epoca, e in paesi, in cui il pregiudizio della città o della nazione era così potente, che i più grandi spiriti ne subivano il giogo, essi osarono gloriarsi d'essere senza patria, o più esattamente, d'avere per patria la terra intera, e tutti gli uomini per concittadini.

Queste dottrine ebbero il loro completo sviluppo e il loro massimo splendore, allorchè riscaldarono l'animo forte e vigoroso di Diògene, di cui l'opinione pubblica non sempre riesce a vedere dietro la maschera motteggiatrice e beffarda, i pensieri gravi e vasti di una filosofia profonda.

Povero, errante, sprezzato, bandito dalla patria, senza tetto e senza amici, egli solleva con fierezza la fronte contro la società, ne scuote arditamente tutta la base, e trafigge i più temuti potenti con le sue inesauribili ironie, coi suoi sarcasmi possenti, con le sue frecce roventi e spietate.

Lo storico greco Zenone propugnava la libera comunità senza governo, e l'opponeva all'utopia governativa: la repubblica di Platone.

Egli prevedeva un tempo in cui gli uomini si sarebbero uniti al di sopra delle frontiere, e avrebbero costituito il «cosmos» cioè l'universo, e non avrebbero avuto più bisogno nè di chiese, nè di denaro, nè di leggi, nè di tribunali.

Nel secondo secolo avanti Cristo, degli uomini fuggiti dai santuari in dissoluzione della Grecia, andarono gettando per l'Europa il seme della misteriosa dottrina di Bacco. Essi formarono delle comunità inspirate da questi sentimenti: «La vita è inesauribile ed eterna, e tutti gli uomini, padroni e schiavi, saggi o criminali, cittadini e stranieri, non sono che delle manifestazioni equivalenti e passeggere». Il loro giuramento era il seguente: «Io giuro di lavorare per l'emancipazione dell'umanità, e di nulla sottrarre al patrimonio di tutti. Io giuro di disprezzare tutte le leggi, tutte le istituzioni che opprimono e pervertono l'uomo: Matrimonio - famiglia - patria - società. E per la conquista della felicità universale, nulla mi sembrerà colpevole: nè la rapina, nè l'assassinio, nè il sacrilegio». Nei tentativi di rivolta che essi fecero per instaurare la nuova società, i poveri e gli schiavi accorrevano a turbe ad offrire le loro braccia ed i loro pochi soldi. Anche dei ricchi – e specialmente le donne, affascinate da quei sogni di indipendenza e di libertà – si mescolarono alla folla dei diseredati, raccogliendosi all'ombra della loro bandiera.

Più tardi, nel movimento cristiano, che avvenne in Giudea, sotto l'imperatore Augusto – movimento rivolto contro la legge romana, e lo Stato romano – vi furono seri e incontestabili elementi di anarchia.

In Persia, nel quinto secolo dell'era nostra, si ebbe una profonda rivoluzione sociale che trascinò tra le sue file lo stesso re Kobad, e che, vittoriosa, proclamò l'uguaglianza assoluta fra le classi, e la comunità dei beni.

Intanto il progresso, superate le fasi lente dello sviluppo del pensiero, il quale è costretto ad avanzare brancolante nelle tenebre del pregiudizio, e tra gli agguati e la tormenta delle oppressioni medioevali, incomincia a divorare il tempo, allo stesso modo che un corpo solido cadendo divora lo spazio, e aumenta di velocità col precipitare.

Così, dall'epoca dei Comuni, all'ombra delle cui bandiere sventolanti dai torrioni e dalle mura, si inizia la rivolta del pensiero, e s'accende lo splendore delle Università libere, noi ci avviamo man mano verso la Rinascenza, che è una delle epoche, direi, riassuntive, sintetiche della civiltà.

Ed è là, tra le bellezze non più raggiunte dell'arte, tra la audacia delle scoperte ed il movimento anabattista, che sorge con un fondo anarchico, è là, in una delle illustrazioni del tempo, in Francesco Rabelais, che ritroviamo il nostro pensiero.

La fantastica sua ideazione dell'abbazia di «Thélème» è una condanna dell'organizzazione sociale autoritaria, ed una visione dell'ordinamento anarchico.

I voti di castità, di povertà e di obbedienza non esistevano: ognuno poteva amare, godere e vivere libero. Preclusa l'ammissione solo «ai bigotti, agli ipocriti, agli usurai, ai prepotenti». Entrassero invece i buoni compagni, uomini e donne, nella cinta della civiltà a godere di tutte le gioie più alte del corpo e dello spirito. La loro vita era regolata non da leggi, non da statuti, ma solo dalla loro volontà, da questa massima piena di spirito libertario: «FA CIO' CHE VUOI».

Poi in quel vulcano pieno di rombi e di fiamme, in quella fornace dello spirito che fu il diciottesimo secolo, il nostro pensiero trova uno sbocco più ampio e solenne, e s'afferma artiglio di leone – nella penna demolitrice di Diderot, picconiere formidabile, che colpì alle sue fonti vitali il principio d'autorità, d'ogni autorità divina ed umana.

Il progresso che ha acquistato intanto maggiore velocità l'utilizza per renderla ancora più vertiginosa, e dove occorre, colma gli abissi con le rivoluzioni.

Ormai la storia matura nel suo segreto i destini scaturenti da tutto un passato di erosione, di corrosione, di accertamenti scientifici, di libero esame, di penetrazione, di rivolte morali, di insurrezioni di fatto.

Un paese che si era formato fuori dell'orbita europea, coi reietti di tutte le patrie; un paese che aveva ereditato dalla vecchia Europa il bene della civiltà, senza il peso morto del suo tradizionalismo secolare, aveva compiuto la sua rivoluzione.

E la rivoluzione americana, erede di quella inglese, precipiterà l'89 in Francia.

Ed è in quell'immenso vulcano delle rivoluzioni – megàfoni che ingrandiscono e universalizzano le voci dei popoli – che le grandi idee si elaborano, e si sviluppano, perchè è allora che gli uomini spezzano i freni, schiantano le vecchie abitudini, rovesciano il passato e calpestano tutto quanto il giorno prima avevano creduto che fosse sacro.

L'idea della uguaglianza civile doveva abolire la schiavitù e fare di ogni uomo un cittadino.

Ma l'idea della uguaglianza sociale doveva fare di ogni uomo un uomo, e porre il problema che l'individualità umana fosse emancipata dalla schiavitù tutta intera: da quella dello Stato: da quella del capitale.

È allora che l'idea della emancipazione umana, non più attraverso la rivoluzione di palazzo o di governo; ma attraverso la rivoluzione sociale, si fa strada e si concreta: passa nella mente di Godwin, primo teorico nostro; soffocata nelle reazioni successive risorge nel '30, si rinfocola nel '48, alla sferza di Proudhon; si propaga pel mondo, si esalta nella Comune di Parigi, e finalmente l'anarchismo si ritrova, non più solo idea di solitarie stelle del firmamento filosofico ma si ritrova solida forza militante nella Prima Internazionale. Là deve insorgere ancora, contro la vecchia anima autoritaria che si riaffaccia attraverso il dogmatismo statale marxista, e Bakunin elabora la concezione del comunismo senza frateria; dell'Internazionale senza vaticani rossi; dell'individualismo senza dominazioni individuali; dell'Anarchia, ordine di volontà libere e pensanti, di rapporti mutevoli e franchi da ogni coazione; e della rivoluzione non più dall'alto, per un Potere che ci emancipi per via di leggi, di decreti, di suffragi universali, di costituenti, di dittature; ma della rivoluzione dal basso, contro ogni potere, anche sedicente emancipatore. E siamo alla mozione di Saint-Imier, del 1872, che è la scissione nella Internazionale.

Attorno a questa bandiera sventolata allora da molti, fra cui Bakunin, Malatesta e Cafiero, operai, intellettuali, poeti ed artisti si addensano sempre più di giorno in giorno; e come per incanto, le sorgono attorno coloro, che stanno ai nostri teorici nel rapporto in cui Orsini, Oberdan, Agesilao Milano, stanno con Mazzini e Cattaneo: Di franchi tiratori della rivolta, che attaccano il nemico agli avamposti e si dissolvono, col loro olocausto, in una cascata meravigliosa di luce.

Su tutti, su tutti passa a ondate, con fremiti e sussulti di commozione, il canto del poeta:

E noi vogliamo ascendere su per l'aspro sentiero

in alto, in alto, in alto, col cuore e col pensiero,

e lassù dove l'Aquila sopra le nubi impera

piantar vogliamo l'asta de la nostra bandiera.

Questa insegna dei buoni, dei forti, dei veggenti,

sarà sfida alle folgori ed al furor dei venti;

e intorno a lei, solenni sul vertice supremo,

noi, salutando il sole che si leva, morremo.

E morremo felici.

VI

L'Anarchia non è, dunque, utopia. Essa è allo stato di aspirazione nel fondo dell'animo umano. Essa si rivela nel perpetuo moto che è sorgente e scopo della vita stessa. Quel continuo travaglio interiore, quel costante bisogno di ricerca, di lotta e di sogno, che agita l'individuo, nell'insofferenza del presente, in uno sforzo perenne di superamento e di liberazione, è legge eterna della vita, eterna aspirazione all'Anarchia. Poeti, artisti, letterati, hanno sempre avvertito il suo palpito, il suo respiro, nelle visioni e nelle lotte dell'opera loro: essi hanno demolito qualcosa di ciò che l'Anarchia vuol demolire; hanno portato chi una pietra, chi un marmo, chi un mosaico all'edificio che essa va pazientemente costruendo.

Rifacciamo di nuovo il cammino percorso, per rintracciare la luce della nostra Idea in alcune delle creature immaginarie, scaturite dai sentimenti, dal cuore, dalle aspirazioni degli artefici del pensiero e della parola.

Nell'Iliade, poema che esalta la disciplina e addimostra gli inconvenienti delle collere intempestive di Achille, nell'Iliade che risplende di picche, di corazze, di caschi superbi, tra il fragore delle mischie e delle trombe, l'anarchismo spunta imprevisto nelle indignate rivolte di Tersìte. Non importa se Omero, beffardo ed atroce verso di lui, lo svillaneggia, lo rabbuffa e lo percuote con lo scettro di Ulisse. In quell'uomo dalle spalle curve, dallo sguardo losco, dal corpo deforme, v'è un'anima nostra, allorquando s'erge da solo contro gli Dei, contro il Re, contro la turba servile; e scaglia, fra gli insulti, le beffe e le percosse, le sue giuste rampogne.

Con Eschilo – il misterioso tragico della democrazia ateniese – lo spettacolo si eleva, si purifica e si ammanta di sfolgorante bellezza. L'anarchismo è in Promèteo, figlio della Giustizia, che accese nella mente dell'uomo la scintilla del pensiero, e mise nel suo cuore le vaste speranze. Punito e fatto incatenare da Giove sulla più alta vetta delle montagne; sospeso fra cielo e terra; fra l'urlo dei venti ed il fracasso delle folgori, non apre bocca per un accento di dolore e di rimpianto. Nulla può spezzare l'orgoglio di questo vinto sovrumano, che preferisce languire, incatenato fra le rocce, piuttosto che essere il figlio e il messaggero di Giove; nulla può vincere la resistenza di questo irremovibile odiatore degli Dei; nulla intenerisce l'animo di questo ribelle, che aspetta, impassibile fra le torture, l'ora della giustizia e della liberazione.

E la sfida ammirevole ch'egli lancia a Giove, è una di quelle scene dove l'essere pare si elevi verso il cielo, e diventi una emanazione d'azzurro. «Ed ora cadete su di me, fulmini dai solchi tortuosi e dalle punte omicide; scatenate sopra di me la vostra rabbia, tuoni e venti furiosi; sradicate la terra, e confondetela con gli spaventosi turbini del mare e col fuoco degli abissi; precipita, o Giove, il mio corpo nel fondo del baratro nero; io sono, io sono oggi, immortale!».

Tutte le volte che io mi soffermo a bere lo splendore di queste pagine immortali, due volti sorgono davanti al mio sguardo, risalenti dall'abisso delle memorie.

L'uno chiuso, pallido, marmoreo, nel quale solo la fiamma degli occhi neri dice l'intensità d'uno spirito che brucia. L'altro, mobile e sorridente, incorniciato da un casco di capelli biondi, e illuminato da due occhi azzurri, che sembrano pescati nel mare.

Il pallido tessitore di Prato, l'uno, Gaetano Bresci, solo e in catene, nel mastio di S. Stefano, impassibile e fiero, contro la notte dei tempi! Il sardo magnifico e altero l'altro, Michele Schirru, solo, ferito e in catene, muto e sdegnoso, tra i sicari e gli assassini d'Italia.

Dopo questo sforzo supremo dell'arte greca par che nulla si possa concepire di più bello in tal genere. Tanto che lo stesso «Bacco» di Euripide – questo tragico isolato e calunniato dalle forze oscurantiste di allora, nonostante le sue ridenti promesse e le sue terribili vendette: nonostante lo spirito tutto nostro che informa l'opera sua, «che cioè le buone leggi della natura assicurerebbero a tutti una eguale parte di felicità, se queste giuste leggi non fossero violate dall'orgoglio dei tiranni» – impallidisce e scolora al confronto della visione eschiliana.

Eppure l'apoteosi del trionfo di Bacco – simbolo della plebe in rivolta – quella scena apocalittica, dove di per se stessa s'apre la prigione che chiude il ribelle, e i palazzi del tiranno risplendono di fiamme; e il poeta stesso è immolato, in esempio, alla terribile e necessaria giustizia dei tempi nuovi; tutta quella visione di tragiche ombre e di scroscianti folgori, dovette ripassare nella mente di Tailhade, poeta e idealista francese, allorquando, ferito egli pure, dalla bomba gettata dal nostro compagno Vaillant al parlamento francese, rispondeva l'indimenticabile frase a chi voleva strappargli una condanna pel bombardiere anarchico: «Che importan le vittime se il gesto è bello?».

Shakespeare, questo possente scultore dei caratteri umani, nelle pagine commoventi del suo Errico VI fa di Jack Cade: questo rudero, questo dimenticato della vita che – Spartaco novello – alla testa di pezzenti e di vagabondi, marcia alla conquista della giustizia e della libertà, una delle figure più avvincenti e suggestive della letteratura.

Ma più in là, Shakespeare, spinge l'analisi psicologica della rivolta, e l'anima del sedicesimo secolo è rischiarata dalla profonda, impressionante tragedia di Amleto.

Non è più qui la rivolta dell'uomo amante della vita e dei piaceri, il cui gesto non è che l'impulso improvviso del sangue; ma è la risultante delle meditazioni solitarie, degli estenuanti soliloqui dello spirito. Sì che il disgusto della vita, così come ci viene imposta; l'ingiustizia, la falsità, il delitto ricoperti di sfolgoranti luci; la fatuità di tutte le cose; il marcio della società che pesa sulle spalle peggio della morte; quel desolante disprezzo per la potenza e la grandezza reale; l'ore tragiche, al chiaro di luna, nel cimitero silenzioso; là... dove solo tutti gli uomini sono uguali, davanti all'infinito, ritornati, alfine, un pugno di polvere, sono gli elementi, per cui Amleto votato all'atto disperato, che non si arresta neppure davanti allo spettro della morte.

Mentre la terra del Nord, per bocca di Amleto, gettava davanti al fantasma risuscitato delle iniquità antiche, il grido delle sue speranze deluse, nell'ardente Spagna, Michele Cervantes esprimeva col suo capolavoro l'agonia desolata del mondo, che non aveva saputo realizzare tutto quel sogno di libertà che avrebbe voluto!

Allorchè si penetrò, per l'ultima volta, nella cella del compagno nostro Emilio Henry, che come Amleto aveva amato la giustizia fino al necessario, esasperante delitto, fino ad immolare la sua giovane vita, un libro fu trovato nascosto nel suo letto. Sulla copertina stava scritto: «Don Chisciotte della Mancia».

Era con questo amico solitario e fedele; era con questo giusto sognatore dal tenero cuore di fanciullo, che il biondo giovanetto prossimo alla morte, passava le sue notti tempestose e le sue ore d'insonnia. Perchè nel fondo del suo immenso dolore, perchè nello squallore della solitudine carica di fantasmi, egli aveva trovato un fratello nel romantico ed errante «caballero!».

Oh! immortale e commovente figura, Don Chisciotte della Mancia, tu che sognavi di liberare la giustizia, sempre prigioniera, per assiderla, alfine, sopra un trono, fra le acclamazione dei poveri e degli oppressi; tu che amavi più di te stesso i deboli, gli umili, i perseguitati; tu che nel giocoso Mulino a vento hai voluto simboleggiare la necessità di non ingannarsi sull'apparente nullità nelle lotte del progresso: non credere davvero che tu ti sia ingannato!

Questo tuo sogno è l'eterna aspirazione nella quale l'umanità trova le sue oasi verdi di speranze e rifulgenti di sole!

È il grido che si rinnova fiero, entusiasta – inno trionfante alla libertà di se stesso – nelle creazioni di Schiller.

È il tormento che avviva l'ardente, romantica fantasia di Byron; è l'incitamento appassionato, affannoso di Shelley. È l'angoscia che spasima nelle dolorose creature di

Victor Hugo dal volto o dal corpo deforme, e dalla anima d'impalpabile luce rubata alle stelle ed al cielo!

È la tragedia che avvolge e sospinge i cupi, maledicenti fantasmi di Zola.

È il maglio meraviglioso e possente che comprime l'animo di Ibsen per le sue proteste indomabili, per la creazione superba e selvaggia dell'uomo nuovo, solo di fronte alla folla oscura e traviata; solo di fronte alla folla incosciente ed ignara!

È la splendida creazione di Mario Rapisardi, nella fiera rivolta di Lucifero contro la mostruosità del dogma; del dogma che ha regno nell'ombra, virtù nell'inganno, e scudo nell'ignoranza dei popoli.

Contro il dogma, afferma Lucifero, trascinato dall'irruenza della sua passione, contro d'esso io pugnai.

E allora!... Oh! allor superbamente il dico,

Cosa per Lui la sitibonda brama

D'ogni saper; frutto vietato il vero,

Colpa il voler; la libertà.., delitto!

Sinistra e maga

Menzogna, error, colpa e delitto io fui!

VII

Ed ora, compagni ed amici, nel congedarmi da voi, qui dove tanti volti mi risvegliano vaghe rimembranze sulle lotte del passato, lasciate che io non soffochi la voce del cuore; lasciate che io segua il richiamo della mia fantasia, che mi indica ora in mezzo a voi, ora qui, accanto a me, la figura maestosa di un grande scomparso, il cui ricordo ho sin qui evitato, per arginare il turbamento delle emozioni di un dolore troppo recente. La figura di colui, che per un ventennio vi somministrò l'eucarestia dell'idea; di colui che della sua grande anima fece un'opera d'arte; di colui che la frenesia reazionaria strappò al vostro affetto, quando in Italia le promesse rosse fiorivano e appassivano, e che più tardi, fermo e saldo nella tormenta sanfedista, parve a noi una visione di richiamo, per il nostro ritorno, nel giorno del crollo della nefanda barbarie.

Un altro in vece sua, non animato come Lui dalla penetrazione magnetica del pensiero, non corazzato come Lui da mezzo secolo di lotte titaniche, avrebbe potuto morire in un esacerbato, disperante scetticismo, a vedersi così solo... lontano da voi... bandito dall'America... esiliato dall'Italia, separato dalla famiglia: solo... nell'età in cui il tepore dei vecchi affetti è un balsamo per i dolori che si fanno più sensitivi ed acuti.

Ma Lui... voi sentite che il suo nome è aggrovigliato con le lacrime qui, nella mia gola; ma Lui... voi avvertite e comprendete che il suo nome è avvinghiato fra i ricordi e l'emozione vostra e mia, qui, nel cuore di tutti. Lui, Luigi Galleani viveva d'una vita spirituale piena, turgida d'una immaginazione realistica e poetica ad un tempo, per non aver sempre avvertito che isolato egli non era, che isolato egli non rimaneva, se dalla terra dove aveva tanto oprato fra gli sterpi e le stoppie d'un colonialismo procacciante goffo e faccendiero; se dalla terra che già aveva inviato Gaetano Bresci a ricordare ai Carignano che «La Libertà non muore» un altro eroe partiva, Michele Schirru, per donare alla libertà il sacrificio della sua giovane vita.

Ed io non potrei meglio collocare questa mia conferenza, se non deponendola, modesto omaggio, sul ricordo tuo, Luigi Galleani, gagliardo artefice del nostro Ideale; nè meglio potrei porle il suggello, se non raccogliendo dal tuo testamento, lasciato in retaggio ai compagni d'America, e lanciato ai compagni di tutto il mondo, nell'ora della tua partenza forzata, la sublime invocazione finale, che non era virtuosità letteraria e poetica, poiche in te, era l'epigrafe di una esistenza monumentale.

«Finchè sia ribellione alla tirannide, anelito di giustizia, sogno di fratellanza, spasimo di liberazione; fnchè sia verità generosa, accessibile realtà del domani;

In faccia ai castrati che ne inorridiscono; ai farisei che l'abiurano; ai pasciuti che v'imprecano; ai tartufi che se ne rodono; ai poltroni che la tradiscono; ai manigoldi che la perseguitano, ora e sempre: Viva, VIVA L'ANARCHIA!».

PATRIA E RELIGIONE

Patria e religione

I

Vi sono oggi – come ve ne sono state per il passato – una quantità di menzogne sociali, con le quali si cerca di mantenere la più gran parte dell'umanità, in uno stato di asservimento e di schiavitù morale, intellettuale ed economica.

Oggi io vi parlerò di due di esse: Patria e Religione. E ve ne parlerò alla buona, semplicemente, affinchè voi possiate seguirmi e comprendermi passo passo, in tutta la mia esposizione; e possiate cominciare a squarciare le nubi che avvolgono il vostro spirito, ed a vedere un poco addentro alle verità della vita sociale.

A tale scopo non sarà la mia di oggi una conferenza nel vero senso della parola; ma un discorso; un ragionamento semplice e piano.

Chè... se io volessi trattare a fondo, dalle sue radici storico-politiche e sociali, il tema che mi avete richiesto, io avrei bisogno di altre due ore, almeno, per ciascuno dei soggetti. Ed in questo caso, l'esposizione potrebbe essere troppo ardua e difficile per voi, che avete per ora bisogno d'un generale dissodamento del vostro terreno intellettuale e morale.

All'inizio era il senso di solidarietà, nella lotta per l'esistenza, che univa individui e famiglie conviventi nello stesso villaggio o nella stessa tribù, per procurarsi attraverso il mutuo aiuto, o con la rapina a danno di altri villaggi e tribù, i mezzi di vivere; o di difendersi contro le forze della natura, contro le belve, o contro la rapina altrui, meglio di come avrebbe potuto fare da sè, ogni individuo solo, od ogni sola famiglia.

Questo «patriottismo» in realtà non era che il primo sviluppo di solidarietà umana.

Fatto il primo passo: non appena il selvaggio vide nel suo simile, non soltanto un concorrente che poteva essergli nemico; ma un essere uguale a lui, con cui poteva mettersi d'accordo, il sentimento di solidarietà fra uomo ed uomo si sviluppò sempre più rapidamente: prima da famiglia a famiglia; poi da tribù a tribù; indi da villaggio a villaggio. E lentamente... il concetto di «Patria» anche se la parola non si era ancora formata, si allargava ad aggruppamenti umani sempre maggiori.

Mano... mano che la cerchia della solidarietà umana si allargava; che non solo gli individui, ma i gruppi, le famiglie, i villaggi, le città assurgevano ad una migliore comprensione del loro interesse, (che consisteva nella cooperazione, piuttosto che nella

29

lotta) non soltanto diminuivano gli odii ed i conflitti, le opere di sangue e di morte; ma la vita umana accresceva il suo pregio spirituale; aumentava il benessere e la terra si arricchiva di bellezza e di utilità generale.

Quando la solidarietà umana non era sentita al di là della cerchia della tribù; e la «patria» era così piccola cosa che tutti i suoi componenti si conoscevano l'un l'altro, e vivevano in un piccolo spazio, ogni civiltà era parola vuota di senso. Perchè?

Perchè l'essere circondati da villaggi o tribù rivali, faceva restare gli uomini in permanente stato di guerra; ed il combattere era l'occupazione loro più importante. Da ciò il prevalere dei sentimenti di odio e di violenza: l'impossibilità di produrre abbastanza, gli stermini reciproci, le vendette, ecc.

Ma quando le tribù ed i villaggi giunsero ad accordarsi fra di loro, per formare una collettività su più esteso territorio, i motivi di guerra diminuirono, e gli uomini poterono meglio dedicarsi alle opere della pace. I villaggi divennero città, ed in queste, bisognosi di più stretti legami, vennero a concentrarsi sempre più numerose popolazioni!

Allora la «patria» ebbe per confine la mura delle città, e presto questo confine si allargò, per comprendervi un numero di città confederate, come per esempio, fra gli Etruschi, oppure col sottomettersi di alcune ad una sola; come accadde nei primi tempi di Roma.

* * *

L'Italia, che è una delle unità nazionali meno omogenee, per una infinità di ragioni storiche ed etniche (di razza) ci offre, in piccolo, la visione esatta di questa scala della evoluzione dell'idea del sentimento di patria.

Frantumatasi la grande «unità» della Roma imperiale, in cui l'Italia non era che una parte del mondo sottomesso ai Cesari, avvenuto in Italia il rimescolìo di una infinità di altri popoli venuti a fissarvi le loro tende; accadde che di nuovo la penisola si presentò divisa in aggruppamenti separati, e ciascuno governantesi da sè, in contrasto coi vicini, come quando Roma era una piccola repubblica del Lazio.

Giunta ad un relativo assestamento, dopo le invasioni barbariche, l'Italia ritrovò se stessa nel periodo dei liberi Comuni. Fu allora che cominciò effettivamente a manifestarsi il sentimento di patria, così come anche oggi lo si intende: soprattutto come aspirazione all'indipendenza del paese dalle dominazioni estranee.

Ma questo «patriottismo» del tempo dei comuni liberi, non era affatto un patriottismo italiano, bensì un patriottismo cittadino.

Qualche letterato scriveva di una Roma Universale; ma i patrioti, del tempo di «Arnaldo da Brescia» e di «Cola di Rienzo», non guardavano molto al di là delle materiali mura della città da essi abitata.

Il «patriottismo» cittadino non era allora meno forte ed ardente di quello italiano del 1848.

Una città sottomessa ad un'altra aspirava a liberarsi da questa, come l'Italia volle assai più tardi liberarsi dal dominio austriaco.

Quando una città era in lotta con un'altra per dispute di territorio, per interessi commerciali, per dissensi religiosi o politici, il sentimento che veniva sfruttato dai dominatori della città, per scopi non... cittadini, ma propri, era un sentimento travolgente, e accecante, come quello dei... così detti patrioti... dell'ultima guerra.

Se si leggono le cronache di quei tempi, i discorsi che facevano ai cittadini ed alle milizie, i podestà ed i capitani del tempo, per una qualsiasi di quelle guerre fra città e città, vi si sente la stessa esaltazione, lo stesso furore di odii e di amore, che si son letti in occasione delle guerre tra nazione e nazione.

Quando la patria era Genova o Venezia, Firenze o Pisa, Bologna o Modena, pensare ad una patria italiana era una utopia e veniva considerato delitto.

La concezione di una «patria italiana» nel senso di unità politica sorse più tardi, nel periodo d'oro della rinascenza umanista.

Le menti videro allora al di là delle mura cittadine, contemporaneamente... videro... e la «patria più vasta» e la più grande «patria umana!».

Ma prima di allora, se in Venezia in guerra con Genova, un nobile spirito solitario avesse maledetto il «conflitto fratricida» in nome della solidarietà italiana, quel precursore sarebbe stato considerato «nemico della patria» e sospettato di tradimento... ed il Tribunale segreto lo avrebbe fatto sparire nelle acque silenziose e segrete della laguna – allo stesso modo che veniva, durante l'ultima guerra, considerato «nemico interno» e sospettato di connivenza con lo straniero, chiunque per «sentimento di solidarietà», si elevasse disgustato al disopra della mischia, sospirando la pace d'una futura fraternità internazionale».

Più tardi, per l'ampliarsi della solidarietà oltre le mura civiche, si resero impossibili le guerre tra città vicine, e il sentimento «patrio» ad un certo momento divenne «regionale».

Ma dopo il 1800 non era più concepibile neppure una guerra tra regioni.

L'ardente letteratura di nostri grandi poeti, come Alfieri e Foscolo, rivoluzionaria in senso italiano, era l'espressione d'un progresso compiuto sulla grande via, che tendeva alla più alta solidarietà fra gli uomini di tutta la terra.

Purtroppo gli sforzi eroici del popolo italiano, intesi a realizzare una patria più grande sulle rovine degli staterelli autocratici austro-papali, sboccarono in un'altra unità politica in contrasto con le tendenze repubblicane, federaliste e di libertà, delle rivoluzioni italiane! La più austriacante e liberticida delle dinastie – Casa Savoia – sfruttò tutte le audacie ed i martiri del patriottismo d'azione, soffocandoli nell'unità coatta della conquista piemontese, tradendo così l'unità basata sul consenso libero di ciascuna delle sue parti.

Questa medesima evoluzione del sentimento patrio, potrebbe seguirsi attraverso la storia di ciascuna nazione, con un ritmo diverso, con diverse alternative; ma non troppo dissimili l'una dall'altra.

Ed ora fate bene attenzione per poter tirare agevolmente insieme con me la conclusione di quanto io vi ho detto.

Se mettiamo di fronte i due sentimenti: quello patriottico e quello umano, il primo è di natura meno nobile ed inferiore al secondo.

La solidarietà familiare è un egoismo di fronte alla solidarietà cittadina; questa è un egoismo collettivo di fronte alla solidarietà nazionale, la quale, a sua volta, è un egoismo rispetto agli uomini... d'oltre mare e d'oltre monte.

Il sentimento di solidarietà umana senza distinzione di frontiere, è il meno egoistico, ed è il più naturale di tutti gli altri.

Strappate il fanciullo alla famiglia, alla città, alla nazione; portatelo a vivere altrove, fra altre genti... di lingua e di costumi diversi... il fanciullo potrà vivere ugualmente. Ma se tentate di strapparlo all'umanità voi, fatalmente, lo ucciderete.

Mano mano che l'uomo si allontana dallo stato selvaggio, e prende coscienza del suo essere, il suo sguardo si spinge sempre più lontano, nel tempo e nello spazio: egli si sente «uomo», «cittadino del mondo», «figlio del padre Sole e della madre Terra», come alteramente si diceva Giordano Bruno.

Le «patrie» d'oggi sono una conseguenza dell'egoismo collettivo, un cumulo di interessi di classi in contrasto, e in lotta con le altre classi di altre nazioni; cercanti a vicenda di sovrapporsi e sopraffarsi; e sotto l'interesse della «patria» si mascherano ambizioni di dominio e di sfruttamento.

Nelle leggi di natura non esistono confini che dividono l'uomo.

Perchè infatti si dovrebbe essere fratelli fino a un dato punto soltanto, e due metri più in là no? Non sono forse, al di là, come al di qua, creature umane, di ossa e di carne come noi; operai, intellettuali, lavoratori, che al pari di noi lavorano per il sostentamento loro e delle loro famiglie? Dove è nel cielo un segno che dica: «Arrestati; qui termina la tua patria; qui cessano gli uomini d'essere fratelli?». Tutti gli uomini sono fratelli... e dove è giustizia e libertà, dove è pace e benessere, quivi è la patria dell'uomo.

Per cui l'internazionalismo è, per noi, una idea concentrata non solo nel nostro sentimento, non solo nella nostra concezione ideologica, ma nella pratica di tutti i nostri atteggiamenti e delle nostre manifestazioni.

E quando voi, cari amici, sentite parlare di interessi della patria, non lasciatevi ingannare: ponete ben mente, che non devesi intendere altro che interessi della collettività, cioè di tutti indistintamente gli individui che la compongono: non di una esigua minoranza soltanto perchè allora non sarebbero che interessi di una o di più classi. Solo chi deve intensificare e proteggere questi interessi di classe, dà un valore «politico» al concetto di patria.

Infatti per i capitalisti, per coloro che vogliono comandare, per tutti quelli che adorano il culto della violenza e della sopraffazione vi è sempre pronto, per coprire le loro imprese tiranniche e sfruttatrici, un cencio di bandiera sventolante sull'altare della «patria» per servire da sipario a tutte le bassezze, a tutte le volgarità, a tutte le infamie della classe o della casta dominante!

Noi anarchici neghiamo ogni patria separabile e divisibile.

E il sentimento che di essa noi abbiamo è il più legittimo: ed è il più naturale: ed essendo fomite di cordiali e continue relazioni fra i popoli, o di rivolgimenti tendenti a scopi di benessere e di libertà, dà luogo a quel grandioso sentimento di universalità e di grandezza che costituisce l'unico mezzo perchè sulle patrie molteplici, sia un giorno costituita una sola ed immensa: quella di tutta, di tutta l'umanità!

II

E che dirvi sulla menzogna religiosa?

Non si tratta qui di indagare nella coscienza personale di ciascuno di voi, per portare nell'animo di chi sia per caso «credente» l'irriverenza d'una bestemmia. Non si tratta nemmeno di stabilire che gli uomini, per essere liberi, debbano pensare tutti alla stessa maniera... su quello che è il mistero della nostra origine e della nostra fine. Non si tratta nemmeno di abbattere gli altari a Dio, per costruirne dei nuovi alla scienza, dogmatizzando questa o quella teoria scientifica.

Si tratta di stabilire che del sentimento religioso si fa strumento la Chiesa, per opprimere; che le Chiese hanno bisogno del dogma per elevare sull'umanità quella potente macchina di oppressione, che, affiancata sempre dallo Stato, ci dà come risultato la dominazione e lo sfruttamento dell'uomo su l'uomo.

Che l'idea d'un Dio abbia servito allo scopo di mantenimento di privilegi, di autorità e di proprietà, è fatto storicamente provato.

Che cosa è stato, e che cosa è Dio nel campo sociale?

È stato ed è «l'essere» in nome del quale si eressero sette parassitarie, a sostegno di tutte le altre classi di tiranni e di parassiti!

È stato, ed è il fantasma, in nome ed in onore del quale furono sprecate una quantità di energie umane, erigendo a lui miliardi di campanili, di cupole d'oro, di altari scintillanti... mentre a fianco di queste immense ricchezze, tanti e tanti uomini, restavano e restano senza pane e senza tetto!

È stato, ed è, questo Dio, il fantasma per cui una gran parte dell'attività umana si perde nella contemplazione, nella preghiera, nelle opere inutili... onoranti questo supposto creatore dell'universo; e mantenenti un numero smisurato di «impiegati delle fedi», che fra tutte, occupano attualmente non meno di cento milioni di parassiti in tutto il mondo!

* * *

Noi sappiamo perfettamente che nell'animo delle nostre nonne che si alzavano al mattino col sole, per ascoltare la prima messa, la religione era l'espressione di un gentile sentimento umano di carità e di bontà sincera. Noi sappiamo che presi ad uno ad uno, questi credenti, non ci danno che la sensazione di poveri di spirito, senza capacità di fare del male, aventi nell'animo molte tendenze buone.

Ma essi presi nel loro insieme, sono i milioni di gocce d'acqua che formano il fiume potente, che con la sua corrente dà forza e movimento alla turbina malefica della Chiesa.

La Chiesa li farà fanatici, intolleranti, disumani verso chi non crede, o crede in un altro Dio. Allora questi esseri che in se stessi sono buoni e pietosi, comporranno nel Medio Evo i cortei che cantano alleluja! attorno al rogo su cui la Chiesa fa ardere vivo «d'eretico, lo stregone, l'indemoniato, il posseduto».

La Chiesa farà quindi dei suoi credenti il suo esercito di dominazione: se ne varrà per mantenere le tenebre nel mondo; per condannare la vita, l'amore, la bellezza, il pensiero e il lavoro.

Il lavoro, infatti, è una pena ed è un castigo, secondo la Bibbia.

Il castigo imposto all'uomo, allorchè là, nel... famoso... paradiso... terrestre, dove tutto era luce, colore, armonia, riposo, l'uomo osò disubbidire a Dio: l'uomo volle indagare; l'uomo volle sapere mangiando il frutto dell'albero proibito.

Il pensiero, dunque, è un peccato. Adamo doveva ignorare: vivere... ravvolto nelle tenebre più profonde.

«Lo stato di innocenza» di cui vi parlano i preti, è lo stato di ignoranza: meglio ancora: di imbecillità.

L'uomo scemo... ecco l'ideale dell'uomo... secondo Dio!

Ancora oggi, in pieno secolo ventesimo, ancora oggi il «Papa» fa una enciclica per richiamare il problema della educazione dei bambini, alla base teologica del peccato originale!

La Bibbia è diabolicamente... simbolica! ...Quando essa fa intervenire Dio, ad impedire il lavoro nella «Torre di Babele» colla confusione delle lingue, essa vuol significare che l'uomo non deve innalzarsi; non deve elevare la fronte in alto, se non ad occhi chiusi, unicamente per pregare: non mai per investigare i fenomeni della natura e della vita.

Si comprende così la condanna di Galileo Galilei, che l'universo guarda come un medico guarda il corpo del malato; come un geologo guarda alle stratificazioni della terra; come un fisico esamina la materia.

La religione è la condanna del progresso: Il progresso, essa dice, deve solo cercarsi «per grazia e per dono divino».

«Tu, uomo, lavorerai con gran sudore» dice il vecchio testamento.

E allora è naturale... è naturale allora che gli unti dal signore non lavorino affatto. Ma debbono invece lavorare gli uomini, i condannati. E se essi sapranno espiare con una vita orrida di miserie, il loro peccato, avranno di certo il Paradiso...

Ma... se, invece, si ribelleranno... saranno, dopo morti, precipitati fra le fiamme dell'inferno!

Il mondo così concepito, amici miei, è una notte tenebrosa.

Conventi; chiese; inginocchiatoi; preghiere; ignoranza grassa e beata! miracoli; paure; streghe! e terribili diavoli dappertutto... sempre pronti a circondare l'uomo, a seguirlo... dalla nascita alla morte, per... «indurlo... in tentazione!».

Ma il diavolo ha finito, per noi, col diventare il simbolo della ragione.

Ecco L'ode a Satana di Carducci; Il Lucifero di Rapisardi; Il Faust di Goethe.

Ed il primo a riabilitare questo... intelligente... tentatore dell'uomo è proprio Dante, che gli fa divorare il traditore Giuda.

Perchè... per Dante questo diavolo dei preti, non è il rappresentante del male: lo spirito malvagio la cui presenza è nel bimbo allorchè nasce; l'essere infernale che contende a Dio l'anima del fanciullo, dell'uomo, dell'agonizzante; ma è il punitore del male; ma è il giustiziere; il vendicatore.

Ecco perchè attraverso i gironi dell'inferno dantesco, noi abbiamo occasione di incontrare personaggi illustri... parecchi papi... e parecchi cardinali.

Amici miei, questo diavolo che contende l'anima dell'uomo a Dio, altro non è che la ragione: la ragione che esige e vuole i suoi diritti di critica, e di libera indagine. Altro non è che la ribellione umana contro tutto quanto è tenebre ed oppressione.

Ribellione non solo contro tutte le Chiese; ma anche contro la scienza, se questa resta ortodossa: perchè se la scienza stessa resta asservita al padrone diventa un puntello di reazione, e non più una magnifica forza di libertà.

* * *

Si intensifichi intanto la guerra alla religione, alle religioni; e non si speri mai che vi sia uno Stato che ci aiuti in questa umanissima opera di demolizione.

Lo Stato può chiederci aiuto per prendere alla Chiesa date ricchezze... in certi dati momenti (come nel 70 in Italia, e negli ultimi anni di guerre nel Messico).

Ma sarà sempre a fianco della Chiesa, come questa sarà al fianco di lui, per la reazione spietata contro i progressi indipendenti del pensiero; per la reazione selvaggia contro la rivoluzione.

Ricordatevi i versi di Carducci:

Quando porge la man Cesare a Piero,
Da quella stretta sangue umano stilla:
Quando il bacio si dan Chiesa ed Impero,
Un astro di martirio in ciel sfavilla.